오늘은
좋은날 !

국순정

숨 같은 사람
국순정 시집

시음사
시사랑음악사랑

순수와 강함이 공존 하는 시인 국순정

"純粹" 순수란 단어는 우리에게 신비스런 느낌 또는 아름답다는 생각을 가지게 하고 누구나 좋아하는 단어이다. 어떠한 사물이나 사람에게 순수란 단어를 쓰기란 쉽지 않은 일이다. 하지만 시인 중에는 그런 단어를 이름 앞에 붙여도 좋을 것 같은 시인이 있다. 그 중 국순정 시인님이 바로 그런 시인이 아닐까 한다. 국순정 시인의 작품을 보면 상큼하면서 순수하다. 그러면서도 사유(思惟)적이면서 은유적인 기법을 보여준다. 즉 인간과 자연과의 만남 그리고 삶이 주는 무게까지를 엮어 삼각형의 틀을 만들고 그 안에서 사랑과 아름다움, 슬픔과 분노를 표현해내는 시인의 능력도 볼 수 있다. 그러기에 독자와의 공감대가 형성돼 많은 독자층을 가지고 있을 것이다.

국순정 시인은 열정적인 성격의 소유자다. 등단이라는 관문을 통과하고 시인으로 활동하고 사회적으로도 열심히 살아가면서 시 문학에 대한 학문을 게을리 하지 않는 시인이다. 대한창작문예대학을 수료하고 문예창작문예지도자 자격증까지 취득한 실력을 갖추었다. 순수라는 단어와는 어울리지 않게 억척스러운 면도 보여주고 있는 국순정 시인의 작품이 파릇한 새순이 돋는 뿌리강한 나무처럼 활력 있다. 그런가 하면 열매가 주렁주렁 달려 작품을 읽는 독자가 행복을 얻을 것이다. 그러면서 독자는 시인의 작품에 숨어있는 환상까지도 끄집어내어 종이에 박힌 글씨가 아닌 작가와 혼을 함께 나눈 분신으로 영원히 숨 쉴 수 있는 작품을 함께 감상할 수 있을 것이다. 등단하고 이제 문단에 정식으로 데뷔하는 첫 시집 "숨 같은 사람"이 많은 독자에게 인정받는 계기가 되길 바라며 기쁜 마음으로 추천한다.

사단법인 창작문학예술인협의회 이사장 김락호

시인의 말

먼저
온갖 꽃들이 피어나는 봄날에 소박하게나마 시집을 내게
되어 기쁘기 그지없고
벅찬 삶이지만 하루하루 알차게 살아가고 있음에 감사하
며 언제나 든든한 펜이 되어 주시는 아버지 어머니께도 감
사의 마음과 제 사랑 전해 봅니다

숨 같은 사람 꽃망울 틔우는 마음으로 부끄러운 꽃잎을
살짝 열어 봅니다

꽃들이 깔깔대며 웃는 소리
새들이 방실대며 춤추고 노래하는 소리에 행복에 빠져 삽
니다

웃으면 복이 온다고 하지요

시는 나에게 웃음이요 쉼이며 위안이고 희망이 되고
부대끼며 사는 삶 속에서 사랑하게 하고
많은 것을 용서하게도 합니다

얼음 아래로 흐르는 개울물처럼 맑고 깨끗하게 흘러
독자들 마음에
봄 햇살처럼 따뜻하게 스며드는
시인으로 남겠습니다
감사합니다

시인 국순정

목차

목차

목차

목차

스마트폰으로 **QR** 코드를 스캔하면
시낭송을 감상할 수 있습니다.

 제목 : 가을이 좋다
시낭송 : 박영애

 제목 : 감꽃 속에 어리는 얼굴
시낭송 : 김지원

 제목 : 그대라는 꽃
시낭송 : 김락호

 제목 : 등불이 되신 외할머니
시낭송 : 김지원

 제목 : 백남길 선생님
시낭송 : 김지원

 제목 : 숨 같은 사람
시낭송 : 박영애

 제목 : 어머니의 맘
시낭송 : 박영애

 제목 : 조가비의 전설
시낭송 : 박영애

 제목 : 다시 태어나도
시낭송 : 김지원

 제목 : 친구에게
시낭송 : 최명자

 제목 : 하얀 미소
시낭송 : 박영애

 제목 : 더
시낭송 : 박영애

숨 같은 사람

당신 앞에 서면
가슴 가득 안개꽃을
품은 사람처럼
설레는 사람이고 싶습니다

차 한잔을 두 손으로
감싸 안은 듯
포근한 온기가
온몸으로 전해지는
따뜻한 사람이고 싶습니다

늘 안부를 묻고
기분을 물어주며
건강을 살피는
좋은 사람이고 싶습니다

떠올리는 이름 하나로
가슴 가득 빼곡히 채워주는
순수한 순정만으로
행복을 주는 사람이고 싶습니다

언제나 생글생글
통통 튀는 싱그러움으로
샬랄라하게
귀여운 사람이고 싶습니다

문득 그리움에
길을 나서면
맞은편 신호등에
서 있어 주는
운명 같은 사람이고 싶습니다

하늘거리는 꽃무늬
원피스를 입고
넝쿨 등나무 아래서
화사한 웃음으로 기다려주는
아름다운 사람이고 싶습니다

실수나 헛점에도
배려하고 감싸주고
마음 나누어 주는
사랑스런 사람이고 싶습니다

비 내리는 날에도
바람 스치는 날에도
눈 내린 먼 산에도
흐르는 계곡 물소리에도
그리운 사람이고 싶습니다

하늘에 별을 보며
지그시 눈을 감고
벅찬 가슴에
눈물 한 방울 떨구고 떠오르는
달콤한 첫사랑 같은 사람이고 싶습니다

눈을 뜨고 감을 때도
길을 걸을 때도
밥을 먹을 때에도
차를 마실 때에도
늘 곁에 있는 듯 숨 같은 사람이고 싶습니다

제목 : 숨 같은 사람
시낭송 : 박영애
스마트폰으로 QR 코드를 스캔하면
시낭송을 감상할 수 있습니다.

엄마라서

엄마라서……
엄마라서……
아파도 누울 수 없었습니다

엄마라서……
엄마라서……
고통스러워도 울 수 없었습니다

엄마라서……
엄마라서……
힘들어도 포기할 수 없었습니다

엄마라서……
엄마라서……
바람 앞에 막아서야 했습니다

엄마라서……
엄마라서……
괴로워도 살아야 했습니다

엄마라서……
엄마라서……
사랑만 주고 싶었습니다

꾹꾹 눌러 담아둔 설움 많아도

엄마라서....
엄마라서....
그래도 행복합니다

다시 태어나도

당신을 바라볼 때면
여린 미소에 담긴
고된 삶이 너무 많아
마음 한구석이 아립니다

여자로 살지 못하고
모든 걸 내어주는 어머니로
내 삶을 포기하고도
말없이 헌신하는 아내로

그 많은 것을 담아두고
묵묵히 그저 옅은 미소로
견디고 이겨내시는 당신

어느 장독대에 피어난
한 떨기 수국 같은 당신이
그저 애달프기만 합니다

당신의 두 손을 잡을 때면
무엇인지 모를 뜨거움이
가슴 깊은 곳에서 솟구쳐
코끝이 찡하게 아픕니다

당신 닮은 수국이
오늘따라 더 애처롭게
사랑스럽습니다

어머니!
당신을
너무 많이 사랑하고
존경합니다
어머니!
다시 태어나도
당신 며느리가 되고 싶습니다

제목 : 다시 태어나도
시낭송 : 김지원
스마트폰으로 QR 코드를 스캔하면
시낭송을 감상할 수 있습니다.

아름다운 삶에 향기 나는 시

혜숙
너의 애교 섞인 인사가
나의 삶에 활력이 되고
나의 하루가 꽃향기처럼 달달하다

샘
너의 까르르 웃는 웃음은
내 정신이 행복한 여행을 하고
내 육신이 샬랄라한 미소를 짓는다

희선
너의 심정 속에 나는
언제나 따뜻한 화로이고 군불이고
정이 담긴 군고구마 닮은 웃음이고 싶다

숙
맑은 영혼으로 숨 쉬는 너에게
신선한 바람 같은 사람으로
봉숭아 꽃처럼 물들고 싶다

홍희
여린 소녀처럼 홍조 띤 얼굴로
여심조차 사로잡는 부끄러움이
영락없는 우리의 귀엽고 이쁜 막내이다

연희 언니
아름다운 석양빛으로
눈부시지 않은 온화한 미소는
모든 이에게 안식이 됩니다

그대들과 함께하는 하루하루가
아름다운 삶에 향기 나는 시가 됩니다

아들에게

아들아
사서 걱정한다고 말하지 말아라
에미가 네 걱정 아니고 무슨 걱정이 있겠느냐

착해도 걱정 악해도 걱정
잘 먹어도 걱정 못 먹어도 걱정

네가 군대 갔을 때도
늘 웃는 얼굴을 걱정하게 될 거라는 걸
어찌 알았겠느냐

에미의 사랑을 맘껏 표현 못 하고
맘껏 안아주지 못하고
맘껏 쓰다듬어주지 못하는 날이 올 거라는 걸
어찌 알았겠느냐

그렇다고
포기할 수 없고 곁에 둘 수 없어
애통할 날이 올 거라는걸
꿈에도 생각한 적 없거늘

품 안에 자식이라고
남들은 말하지만 다 커도 이쁘고
눈에 넣어도 아프지 않으니
분명 내 새끼인 것을...

아들아
사랑하는 여인이 생기거든
엄마가 널 사랑한 만큼만 아껴 주어라

화가 나고 짜증 나는 일이 있더라도
엄마가 널 기다려 준 만큼 기다려 주어라

너무 성급하지 말고 너무 앞서가려 하지 말아라
너무 많이 가지려 하지 말고
호주머니를 아주 비우지도 말아라

행여 욱하고 화를 냈더라도
차분히 사과할 줄 알아야 한다
대화 중엔 큰 소리로 웃어 줄줄 알아야 하고
따뜻한 손길로 어깨도 감싸줄 수 있어야 한다

화의 끝은 짧을수록 좋고
웃음의 끝은 길수록 좋다
화가 날 때는 말이 적을수록 좋고
기쁠 때는 말이 많아도 좋다

사랑은 주는 것이지 받는 것이 아니란다
네것 내것 따지지 말고 줄 수 있는 만큼 주어라
그리고
받는 행복은 표현할 줄 알아야 한다

에미의 행복은 너의 존재로 다이지만
너를 사랑하는 여인의 행복은
그게 다가 아님도 알아야 한다

생각해 보니 착해도 걱정 악해도 걱정이지만
에미는 네가 착해서 걱정하는 것이
참 행복하다
사랑한다. 내 아들!

너를 만나러 가는 길

오랜 그리움을 달래려
어제의 피로를 던져버리고
길을 나섰다

마음은 하늘을 날고
내 콧노래는 설렘을 앉고
너에게로 향한다

너의 향기가 코끝에서 느껴질 때쯤
하늘에서 폭 축이 터졌다
첫눈이다

너에게 주는 희망
나에게 주는 소망
우리에게 주는 열망
너를 보고 있는 내내 펑펑 쏟아져 내렸다

하루

짜증 내고 살아도
하루
웃고 살아도
하루
울고 살아도
하루
어차피 주어지는
하루
우리는 웃고 살아요

누군가에게 웃음이고 싶은 날에...

조금은 배려하고 살자

각박한 세상
나 하나 건사하고 살기도 힘들지만
미움일랑 접어두고
배려하고 살자

내 주위 사람이
내 기분 신경 쓰게 하지 말고
그래도 내가 우울한 사람
위로하고 살자

나로 인해 누군가 웃을 수 있다면
나 또한 행복이려니
주위를 둘러보고
조금은 배려하고 살자

오늘 하루도
또 누군가 나로 인해 웃을 수 있고
나로 인해 행복할 수 있도록
내 웃음 나눠주고 살자

추억의 그 벤치

저녁놀 아름답던 그 벤치
나 혼자 덩그러니 앉아
지난날 추억 속에 빠져 본다

그대 향기 아직 남아
웃음소리 귓전에 맴도는데
오늘은 눈물 한 방울 떨군다

그리움에 온종일 기다리다 간다는
그대의 흔적 위로 뜨거운 눈물이
저녁놀과 함께 여울진다

담아둔 말

춥다고 말하면
매일 추운 줄 알까 봐

우울하다 말하면
매일 우울한 줄 알까 봐

미웁다고 말하면
미움만 담은 줄 알까 봐

힘들다 말하면
오늘도 힘든 줄 알까 봐

꼭 다문 입술 안에
담아두고 맙니다

세상 사는 것 돈 아니고는 없더라

세상 사는 것
정이면 되는 줄 알았다

자식은 사랑 주면 되는 줄 알았고
부모는 효도하면 되는 줄 알았고
형제는 혈육 애로 되는 줄 알았다

친구는 우정으로 되는 줄 알았고
이웃은 웃음으로 되는 줄 알았고
취미는 즐김으로 되는 줄 알았다

세상 사는 것
돈 아니고는 없더라

사랑도 돈이 하고
효도도 돈이 하고

친구도 돈이 있어야 만나고
취미도 돈이 있어야 즐기고
건강도 돈이 있어야 지키고
가정도 돈이 있어야 행복하더라

무엇이 세상을 이토록
각박하게 만들었나 했더니
사람 노릇 돈이 하더라

세상 사는 것 돈 아니고는 없더라

농부의 米(미)

뉘라서 그 맘 알까
닭이 울기도 전
아흔아홉 번의 발걸음을
논두렁의 제비꽃이 알아줄까

뉘라서 그 시름 알까
장마도 가뭄도
뜨거운 햇볕도 걱정인 것을

높은 곳에 계시는
나랏임은 알까
영혼 없이 서 있는
허수아비는 알아줄까

피사리에 굽은 허리
하늘에서 내려본 구름인들
알아나 줄까

그 뜨겁던 여름날
농부의 굵은 땀방울
씻어줄 바람도
참새의 노랫소리에
잠이 들었나

정성스럽고 맛깔나게
식탁을 준비한 주부인들
뽀얀 황금미를 만들어낸
농부의 노고가 그러했노라
알아나 줄까

고맙습니다 감사합니다
존경합니다 사랑합니다
라는 말로 부족한
농부의 노고에
고개 숙여봅니다

내가 시를 쓰는 이유

내가 시를 쓰는 이유는
내 안에 쓸데없이 담아둔
화를 덜어내기 위함이고

내 안에 필요 없는 욕심을
털어내기 위함이고

나도 모르게
들어와 있는 우울증을
이겨내기 위함이고

지치고 힘든 내 삶에
위로를 주기 위함이다

내가 시를 쓰는 이유는

어딘가에서
나처럼 힘들어하는
내 친구를 위함이고

하루 견뎌 내는 것이
나 보다 고통인
그 누군가를 위로 함이고

어느 영혼의 입가에
힘없는 미소라도
주기 위함이다

웃음이 줄고
흥얼거리던 노랫소리마저 줄어들면
내 영혼이 힘들어 울까 봐
따뜻이 감싸주기 위해

나는 오늘도
시를 쓴다

더

더 좋은 엄마가 되고 싶었습니다
그러나 세상 속에 뛰어들어
많은 시간을 함께해 주지 못해
아쉬움만 남습니다

더 좋은 아내이고 싶었습니다
하지만 삶이 버거워
미워도 했고 짜증도 냈고
성실하고 책임 있는 사람이 되길
바라기만 했습니다

더 좋은 딸이고 싶었습니다
잘 해 드리기는커녕
그리움만 안겨주고
마음 편하게 해 드리지 못해
늘 죄송스럽기만 합니다

더 좋은 며느리이고 싶었습니다
지혜롭게 살펴 드리고
편안하게 모시고 싶었지만
마음만 앞섰습니다

더 좋은 사람이고 싶었습니다
다정스럽게 웃으며 격려해 주고
용기를 주는 사람이 되고 싶었으나
더 많은 것을 받고 살았습니다

더 괜찮은 사람이 되어야겠습니다
사려 깊고 배려할 줄 알고
힘든 인생 여정 함께하며
더 많은 것을 줄 수 있는
그런 사람이 되어야겠습니다

제목 : 더
시낭송 : 박영애
스마트폰으로 QR 코드를 스캔하면
시낭송을 감상할 수 있습니다.

봄 봄 봄

보면 볼수록
그리운 얼굴
그려 봄

알면 알수록
생각나는 사람
알고 봄

눈감으면
늘 떠오르는 그대
보고 또 봄

추운 날
내 어깨 감싸 주는 가슴에
안겨 봄

언제나
가까이 있어 주는 당신
안아 봄

꿈속에서도
늘 똑같이 웃어주는 당신
느껴 봄

별빛보다
사랑스러운 그대
만져 봄

봄!
봄!
봄!
보고 또 봄

포도주 같은 꿈

소금 같은 애정 조금
설탕 같은 그리움 한 움큼
깨소금 같은 추억 적당히
간장 같은 미련 약간
조미료 같은 외로움 탈탈 털어 넣고
사랑을 끓였습니다

뜨거운 사랑이
수증기를 타고 집안 곳곳에 가득 찹니다

빨간 미소로 고등어를 조리고
시금치는 애교를 넣어 묻혀내고
멸치와 꽈리고추는 잔소리로 볶아내고
두부는 자박자박 투정으로
끓여 식탁에 올립니다

맑고 아름다운 말씨로 짜 넣은
이슬 한잔을
넘치지 않게 따르고

까마귀 같은 목소리는
참기름을 두르고
꾀꼬리로 둔갑해서
그대를 부릅니다

나는 바가지에
달콤한 포도주 같은 꿈을 따라
운명을 마십니다

앙금

당신에게 받은 상처
갈아서 갈아서
버리려 했습니다

헹구고 헹궈서
깨끗이 하려 했습니다

살아온 흔적
아픈 삶의 생채기를
지우고 지우고
또 지워서
웃어보려 했습니다

돌덩이가 되어버린 앙금은
그냥 그렇게
명치끝에 걸려 있습니다

구르고 굴러도
마모되지 못하고
다독여 놓은 상흔을 후벼 팝니다

햇살 드는 창

부스스 잠 깨어나 눈 비비고
가만히 동공을 여니
영롱한 아침 햇살
배시시 웃고 있네

창문 앞에 노란 화분
햇살 아래
무슨 사랑 이야기 나누는지

어젯밤 이야기에
여념이 없는 듯
생글생글 따뜻한 사랑을 먹네

모카향 커피 한잔에
시집 하나 펼쳐 들고
내 작은 마음에도
시사랑 듬뿍 담아보네

나에게도 가끔은 선물을 하자

왜 그런 날 있지 않은가

남몰래 누군가를 돕고
또 살짝 양보하고
상대방의 기쁨을 보며
혼자서 조용히 뿌듯해하는
그런 날

왠지 착한 일을 한
나 자신이 기특하고
참 잘했다 생각되는
그런 날

누군가에게
눈물겨운 행복을 안겨준 날
그런 날은
나에게도 가끔은 선물을 하자

특별하게 너에게 주는 선물이야

난 오늘 나에게 88%쎄일 판매하는 8900짜리
예쁜 치마 하나를
명절 음식 장만한 수고로
선물을 했다
처음으로…….

조각난 추억

한잔 술에 목놓아
울어버리고
당신을 잊겠노라
잊어주겠노라
다짐했건만

긴 세월 내 앞에 놓인
삶의 무게가
당신을 사랑한 무게만큼은
아니었나 봅니다

행복했던 날들
사랑스런 추억의 조각들

잊을 수도
지울 수도 없었기에
당신의 행복을 빌었나 봅니다

별들도 함께 울던
그날의 조각난 추억들

미워할 수도
원망할 수도 없었기에
당신의 행복을 빌고 또 빌었나 봅니다

그저 허허하고 웃고 살자

울지마라 친구야
세상만사 새옹지마요
공수래공수거다
살다 보면 이 일 저 일 한두 가지 있더냐
그때마다 눈물이면 온 세상이
눈물이다

울지마라 친구야
이왕지사 태어났으니
소문만복래라 살아보자
자식인들 부모 맘 몰라서 그러더냐
우리네도 클 때는 부모 속 썩이고
살았더라

지금껏 도 힘들었다
내려놓고 우리 남은 생은
우리 위해 살아 보자
눈물은 눈물을 낳고
웃음은 웃음을 낳더라
그저 허허하고 웃고 살자

가을을 남기고 간 사랑

가을은 왔는데 사랑하는 사람은
보이질 않습니다

당신과 함께했던 가을날에는
산과 들이 보이지 않았습니다

내 눈이 당신 마음속에 잠겨
가을이 보이지 않았고

내 귀가 당신 목소리에 빠져
새 소리도 듣지 못했습니다

당신 없는 이 가을
붉은 단풍이 눈물을 흘립니다

가을이 떠나도
내 사랑은 보낼 수가 없습니다

눈물 속에 가을이 멈춰버려도
당신을 보내지 못합니다

가을을 남기고 간 사랑이
내 마음에 벅차게 가득 찹니다

달

너도
저 달을 보고 있니

너도
달을 보며 내 생각
하고 있니

그립다 말하면
저 달이
너에게 전해 줄까

보고 싶다 말하면
저 달이 말해 줄까

너도
날 그리워한다고

차 한잔 어때요?

뒹구는 낙엽도 부서져
스산한 날에
허전한 마음은
오는 겨울이 반갑지 않네요

깊어진 계절 고독을 잠재우고
국화 향기 그윽한 찻집에서
차 한잔 어때요

맑은 영혼으로
쏟아지는 햇살 받으며
소소한 이야기에
주름 하나 늘어도

누구도 부러울 것 없는
평화로움으로
참된 행복을 맛보며

그냥 나!
그냥 그대!

차 한잔 어때요?

45

무궁화의 꿈

누가
당신을……

왜?

어떤 이유로……
이렇듯 피폐하고 어지럽게 했는가

어리석은 욕심으로
우심방 좌심실이 자벌레에 무너지고
분홍빛 꽃잎에
뻗어야 할 붉은 혈관이
어디서부터 멈춰버린 것인지

당신을 들여다볼 때면
벅찬 가슴 눈물이 납니다

한반도를 우뚝 세우고
태극기를 품어 안고
삼백예순다섯 날 실핏줄 터트려
지켜온 희망

일제강점기를 견뎠으니
수천 년 끝없는 만물의 꽃 중의 꽃

더럽다 말고
영원히 피고 또 피어서
강인한 나라의 꽃으로 꿈꾸고
높은 기상으로 피어나소서

잊혀지지 않는 이름

잊혀지지 않는
이름하나
그 이름 안고
나 가을 속에 빠진다

아파도 좋고
그리움에 몸부림치다
울어도 좋은
그 가을 속에 빠져본다

못다 한 사랑
핏빛 단풍보다 더 뜨겁게 태우고
잊혀지지 않는 이름 하나 품고
가을 노래를 부르리라

송편

보름달 같은 금쟁반에
온 가족이 둘러앉아
송편을 빚는다

시아버지 송편은
며늘아기 힘들세라
한 움큼 뚝 떼어 주먹만 하고

시어머니 송편은
조상님께 올릴 마음에
정성 담아 오밀조밀 쫀득하게

며늘아기 송편은
고운 손에 곱게 곱게 빚어서
예쁜 반달 만들고

고사리손 손주 녀석
조물조물 속 터져서
함박웃음 함께 터진다

이래도 웃고 저래도 웃고
더도 말고 덜도 말고
한가위만 같아라

가을이 좋다

가을
나 너를 보고
가슴이 설렌다
너의 향기가 그윽하고
너의 노래가 감미롭고
너의 하늘이 맑아서

가을
나 너를 안고
미소를 짓는다
너의 들판이 풍성하고
너의 나무가 아름답고
너의 온몸이 꽃이라서

가을
나 너를 훅 안고
사랑에 빠진다
너의 아침이 신선하고
너의 바람이 좋고
너의 세상이 행복해서

가을이 참 좋다.

제목 : 가을이 좋다
시낭송 : 박영애
스마트폰으로 QR 코드를 스캔하면
시낭송을 감상할 수 있습니다.

하얀 미소

나의 이름 있었는가
반백 년 흔적은 나이테처럼
내 손 마디 위로 보이고
가만히 들여다본
거울 속 내 얼굴
숨소리도 손놀림도 멈추고
스무 살 내 이름 찾아 나선다

꿈많고 싱그럽던 나는
온데간데없고
만고풍상 겹겹이 쌓은 서릿발이
남은 생을 함께 하자며
천연덕스럽게 내 머리에서
하얀 미소를 짓는다

쭈그러진 얼굴과
반백의 머리카락이
내 모습 바꾸어 놓아도
허투루 인생 살아낸 것 아니기에
따뜻한 마음으로
가을로 가는
내 모습을 사랑할 것이다

제목 : 하얀 미소
시낭송 : 박영애
스마트폰으로 QR 코드를 스캔하면
시낭송을 감상할 수 있습니다.

감꽃 속에 어리는 얼굴

밤이 새도록 어둠을 끌어안고
세상 속에 내동댕이쳐진 설움은
아픔으로 숨죽인 비명만을
피를 토하듯 질러댔다

엄마!

심장을 찌르는 고통의 단어는
내 입술을 차마 열지 못하고
묵직하고도 뜨거운 돌덩이로
움켜쥔 명치를 태웠다

엄마 젖이 그리워 울던 내 동생
달래줄 수 없어 등에 업고
엄마 향기 찾아 장독대를 돌다
애꿎은 감꽃만 바라다보았다

감꽃 속에 어리는 엄마 얼굴
나보다 더 슬퍼 보여
내 뜨거운 눈물은 처절함으로
엄마 발자국 위로 떨어졌다

그렇게 목에 걸린 엄마는
또 밤이 찾아와도
목젖 언저리에서 뜨거운 눈물로 맴돌 뿐
토해내지 못해 더 아파야 했다

엄마!
지금 이렇게 언제라도 불러볼 수 있는
내 사랑하는 엄마를...

 제목 : 감꽃 속에 어리는 얼굴
시낭송 : 김지원
스마트폰으로 QR 코드를 스캔하면
시낭송을 감상할 수 있습니다.

감꽃

허기진 그리움에
동그랗게 구멍 뚫린 가슴
채울 수 없음을 알기에
흐르는 눈물

등에 업은 내 동생
자꾸만 작아지는 가슴이
아리고 쓰리게 전해져
내 마음 찢어지네

양철 지붕 위에 떨어진 감꽃
그리운 엄마 얼굴 닮아
눈물 삼키려 하늘 보니
초록 잎 사이 달처럼 웃고 있네

엄마 닮은 감꽃
동생 입에 넣어 주고
그리움 담아서 나 하나 먹고
아픈 마음 담아 또 하나씩 먹었네

감잎 사이로 햇살이
내 동생 얼굴 비추고
별빛 같은 눈망울에 웃음기 돌아
엷은 미소로 양 볼을 꼬집었네

타버린 애련

무엇이 꽃잎을
저토록 붉게 타오르게 했는가
애끓는 기다림인가
뜨거운 사랑이던가
드러내지 못한 욕정의 외침이던가
아!
너의 절규가 슬프구나

무엇이 꽃잎을
이토록 눈물 나게 했는가
부끄러운 순정이런가
비밀스러운 입술이런가
타지 못해 멍들어버린 애련이런가
아!
너의 영혼이 아프구나

무엇이 꽃잎을
살얼음으로 떨게 했는가
시린 동백을 품었더냐
한 서린 사랑을 앓았더냐
떠난 임 그리다가 찢긴 가슴의 선혈이더냐
아!
너의 노래가 목젖을 타고 넘는구나!

조가비의 전설

설레는 가슴에
하얀 파도 소리 일렁이고
어둠 속 한 줄기 빛 따라
닫힌 마음에 수채화처럼
그대 오시는 밤

무지갯빛 고운 속삭임
귓전에 닿고
비밀스레 불러주는
은빛별의 노랫소리에
웃음꽃 피워내는 조가비

핼쑥해진 새벽이 오면
전하지 못한 은빛별 사랑
달콤한 꿈들은
바닷가 포말로 부서진
백작이 되어
조가비의 전설 속에 남았다

제목 : 조가비의 전설
시낭송 : 최명자
스마트폰으로 QR 코드를 스캔하면
시낭송을 감상할 수 있습니다.

꽃비 나리는 날

연분홍 꽃비가
방끗 미소를 머금고
한잎 한잎 떨어지던 날

맑았던 우리의 영혼
혼탁의 늪을 지나 켜켜이 쌓아둔
그리움 눈물 너머로
야속한 세월을 끓어 앉았다

속절없이 흐르는 아픈 조각들은
망막을 굴러 동백 꽃잎 되어 떨어지고
잡은 손 놓지 못해 눈망울에 너를 담고
기약에 기약을 거듭하며
꽃 비속으로 또 멀어져야 했다

시집가는 날

애써 웃음 짓지만
가슴에선 눈물이 흐릅니다

기를 쓰고 웃어 보지만
속절없는 눈물이 주르륵

감출 수도 가릴 수도 없어서
보이고 말았지요

좋은 날 왜 우느냐 위로해 주는 사람도
함께 울어 줍니다

떠나는 사람도 남아 있는 사람도
허전하고 아픈 건 왜인지

살아보면 알아질 질곡의 삶이
보이기 때문일는지

혼자가 아닌 둘이 되는 날
여보가 되고 당신이 되어

두 손 잡고 끌어 주고 밀어주며
서로 마주 보고 보듬어 줄 수 있는

또 하나의 가슴을 따뜻이
감싸줄 수 있는 마음을 다져보고

천생의 한 송이 꽃이 되어
당신 품에 지고지순한 사랑으로

흔들림 없이 피워
보다 아름답게 날아가는 날

그렇게 서로 닮은 열매를 맺고
튼실한 나무로 가꾸어 가리니

오늘은 그 향기로운 땅에
거름 주고 물도 주고

예쁘게 꽃나무 심고
기쁘게 연초록 잎 싹 틔우는 날

아름다운 인연

지나간 날이 아픔이라면
이제는 그 아픔
추억이라 여기고

지나간 날이 슬픔이라면
그 슬픔 그리움이라
이름 짓고

지나간 날이
아쉬움이라면
이 봄날에 미련 남기지 말고
추억이 될 수 있도록

헤매이다 발길 멈춘 그곳에
아름다운 인연으로
서로에게 힘이 되고
따뜻한 위로가 되고 웃음이 될 수 있기를...

그대라는 꽃

앙상하던 가지
검붉은 꽃망울에
그대 떠나던 날 숨통 끊어지던
그 아픔 고스란히 담겨
꾹꾹 눌러 감싸놓은 내 아픔
한 겹 열고 또 한 겹 열어
그대라는 꽃이 핀다

백 년 지나도 붉은 치마
너울대고 피어날 터인데
첫사랑 꽃이 또 피어난다

사무치는 그리움
부르지 못해 애타던 수많은
까만 밤이 나를 외면했고
닫힌 가슴과 꽉 다문 입술이
침묵을 지켜야 할 때
가슴속 심장의 눈물은
더 뜨거워야 했다

피맺힌 꽃망울
내 가슴속에 못으로 박혀
기나긴 여정을 함께 하자며
봄이면 꽃인 양 피어나는
그대라는 꽃

제목 : 그대라는 꽃
시낭송 : 김락호
스마트폰으로 QR 코드를 스캔하면
시낭송을 감상할 수 있습니다.

봄날의 설렘

좋은 사람을 만나러 가는 듯
가슴에 벅찬 비밀을 담은 듯
화사한 복사꽃을 닮은 얼굴에
봄날이 설렘으로 다가온다

고운 임을 만나러 가는 듯
하얀 목련이 꽃망울 터트려
멋스럽게 옥색 화장을 하고
꽃잎을 벌려 봄을 안았구나

달빛도 목련의 순수에 취해
밤늦도록 꽃잎에 머물다
미처 떠나지 못하고 치마폭에
설렘으로 앉아 봄 노래하누나

달빛 사랑 계절 앞에 식어지면
서러움에 죽어나는 목련꽃 순정
숨결 뜨겁던 꽃망울 흔적도 없고
기나긴 기다림을 노래하누나

잃어버린 시간

그 많은 날을
시간에 허덕이고
시간을 아쉬워하며
시간에 쫓겨 살아간다

시간은 많아도
시간에 조급해하며
남은 시간에 노예가 되어
시간을 잃어버린 채 그렇게

잃어버린 시간이
못내 아쉬워 돌아보지만
가버린 시간 다시 올 수 없고
추억이라 위안 삼고 체념해 본다

남은 것은 후회와 회한뿐이지만
잃은 것이 있으니
분명 얻은 것도 있으리라

와인

비 내리는 창가에서
한 잔의 와인으로
애타게 억누른 사랑
살며시 꺼내
더운 입술을 적신다

와인 향이 무겁게
가슴을 두드리고
터질듯한 폭탄 하나
게이지를 넘어서
갈 길을 잃는다

나만의 사랑이
세상 끝에 있다 해도
운명이 외면하려 했기에
너의 눈빛 너의 향기까지
더 뜨겁게
널 사랑하고 싶다

스치는 인연

내 가는 길
미련의 눈빛으로
비바람 몰아쳐 막아본들
아니 갈 나 아니거늘
스치는 인연
시린 눈물 떨구어도
계절 앞에 타인이어라

내 가는 길
연민의 서러움으로
괜한 심술에 오기 부려 본들
포기할 나 아니거늘
스치는 인연
흔들어 꺾어 보아도
떨어질 꽃이 아니어라

나 피고 짐에
폭풍 한설 꽃샘 한파로 막고
백설로 안아본들
스치는 인연
겨울 끝 사랑의 향연
너와의 시린 이별로
더 찬란히 피어나리라

3월에는 우리

3월에는 우리
좀 더 넉넉한 가슴으로
힘들고 지친 어깨
따뜻하게 감싸 줄 수 있기를..

3월에는 우리
쓰러지고 넘어진 이웃
다정하게 손잡아 주고
격려와 응원 아끼지 않기를..

3월에는 우리
슬픔에 울먹이는 사람
고개 떨구고 울고 있는 친구도
더운 가슴 열어 안아줄 수 있기를...

3월에는 우리
서로의 안부를 묻고
작은 일에도 감사하고 기뻐하며
사랑하고 행복 나눌 수 있기를...

하얀 슬픔

어느 날 홀연히 너 떠나던 날
온통 세상이 하얗던 그 날
멈출 수 없는 하얀 눈물이

온 세상이 흰 눈으로 덮이면
그리움도 기다림도 아닌
가슴 가득 하얀 슬픔이 찬다

내린 눈 위로 햇살 눈 부시던 그 날
찢어지는 가슴 움켜쥐고
소리조차 낼 수 없던 숨죽인 절규

소복이 내린 눈이 다 녹기도 전
다시 오지 못할 먼 길 가버린 넌
남은 우리에게 하얀 슬픔이 되었다

서러움일랑 접으련다.
아쉬움일랑 묻어두련다.
그리움일랑 견뎌 보련다.

불러도 대답 없는 너는
하얀 눈 속에 시리도록 아린
슬픔이 되어 웃고 있구나

보석 같은 청춘

너는 언제 청춘이었더냐
나는 어제 청춘이었거늘
오늘은 어제로 돌아가
또 한 번 청춘이로다

즐겁구나
기쁘구나
웃음소리 행복이 묻었구나

깔깔대던 신순이
새침데기 인숙이
코스모스 같던 은경이
두 손 모아 박차 맞추며
꾀꼬리 같은 노래 부르던 계순이

남모르게 흘린 눈물도
아프게 흘러간 세월도
돌려놓은 청춘 앞에
꼬랑지 내린 강아지로구나

까까머리
듬성듬성 소갈머리 드러내고
단발머리
지지고 볶아 긴 세월 알리지만

청춘이 멀리 갔더냐
어제가 오늘이고
오늘이 청춘이거늘
보석 같은 청춘이로다

내일도 어제처럼
떠오르는 태양이
우리 위해 솟아나니
반짝이는 눈망울로
즐겁고 행복한 인생
내 것으로 만들어 살아보세

술 한 잔 어때

힘들면 한숨도 쉬어 보고
슬프면 소리 내어 울어도 돼

기댈 어깨가 없으면
잠시 내 어깨 빌려줄게

좋으면 웃어도 보고
싫으면 짜증내어 돼

어디 기분이 내 맘대로 되던가

삶에 쫓기다 보면
여기저기 상채기도 나고
티눈처럼 가슴에 박힌 상처가 덧날 때도 있지

술 한 잔 어때

가끔은 커피보다
쓰디쓴 소주 한잔이 약이 되더라고

세상 자그마치 오십 년을 넘게
바쁘게 살아왔는데
조금 느리게 간다고 넘어지기야 하겠어?

풍진 세월도 얄궂은 인연도
소주 한잔에 담아 마셔 보자고

그리고 또 내일 열심히 살아 보는 거야
힘내!

추억

오늘도
내일도
추억 한 자락 등에 지고

바람 따라
구름 따라
정처 없이 가리라

오는 것도
가는 것도
세월에 맡기고

꽃 따라
향기 따라
추억 안고 가리라

미움도
미련도 아니 갖고
그대 행복 빌어 주며

오늘도
내일도
추억 난로 끌어안고

그리움도
보고픔도
가슴에 담고 가리라

새봄을 기다리며

새봄이 오기도 전
내 심장이 먼저
뜁니다

봄이 오는 소리가
들리기도 전
내 가슴이 먼저
설레입니다

얼음 밑으로 흐르는
물소리에 맞춰
내 콧노래는
이미 먼 길을 떠납니다

노란 복수초가
얼굴을 내밀기도 전
내 볼에 화사한
웃음꽃이 먼저 피어납니다

화사한 미소 머금고
한발 앞서서
난 새봄을 기다리는
길목에 서 있으렵니다

잊혀질 그리움 아니기에

어떻게 잊어요
맘대로 되는 그리움이라면
아픔도 없었겠지요

어떻게 지워요
지워지는 이름이라면
눈물도 없었겠지요

어떻게 버려요
버려지는 미련이라면
기다리지 않았겠지요

아픔도 미련도
눈물도 서러움도
들리지 않는 침묵의 외침이거늘

살다 보니

살다 보니
괜스레 서글픈 날이 있더이다
먹는 것도 자는 것도
웃는 것도 싫고
사는 것이 싫은 날도 있더이다

살다 보니
하지 못할 말도 많더이다
좋은 날만 있는 것은 아니지만
털어놓고 말할 수 없어
힘에 겨운 날도 있더이다

살다 보니
웃지 못할 날도 많더이다
복장 터지고 속 터져서
웃을 일이 있어도
웃음조차 나오지 않더이다

살다 보니
참 허무한 일도 많더이다
앞만 보고 열심히 살았건만
모두가 허망하고
인생사 헛살은 듯하더이다

이래도 살아야 하고
저래도 살아야 하니
욕심일랑 비워내고
살다 보면 좋은 날 있으리라
희망 품고 살아 봅니다

꽃

꽃이 되고 싶어
그대
눈길 가는 곳에
한 송이 꽃이

꽃이 되고 싶어
그대
발길 머문 곳에
어여쁜 꽃이

꽃이 되고 싶어
그대
손길 닿는 곳에
사랑스런 꽃이

아~
꽃이 되고 싶어

그대 가슴에
언제나 피어있는

그대만의 꽃이..

그대는 살만 하당가요

그대는 살만 하당가요
어찌 지내고 계시당가요

쓸쓸히 홀로이 앉아
그 옛날 추억을 곱씹으며
못다 한 사랑
그려보고 계시당가요

외로움에 지쳐
죽어도 생각 말자 소리치며
끝내지 못한 사랑
술잔에 부어보고 계시당가요

낙엽 지고 그리움도 지면
살아갈 만하겠지만

흰 눈 속에 덮인 추억은
또 어찌하면 좋당가요

그대는 살아갈 만하당가요

눈 녹고 언 내 맘 녹으면
또 그렇게 살아지겠지라

당신 덕분에

당신 덕분에
참으로 행복합니다

관심과 배려
사랑스러운 미소
따뜻이 물어주는 안부

하루하루가
큰 기쁨이 됩니다

늘 똑같은 일상
분주함 속에서
웃음 지으며 지낼 수 있었음이
당신 덕분이지요

긴 한숨
부딪치는 삶 속에서
속울음 견디며
두려움과 싸워 이길 수 있었음도

가끔은 일탈을 꿈꾸며
떠나고 싶은 충동을
억누를 수 있었음도
당신 덕분이지요

분노 앞에
용서와 사랑으로
나를 다스릴 수 있었음도
당신 덕분입니다

당신 덕분에
늘 나의 앞날이
행복으로 열릴 것입니다

당신 덕분에 참 행복합니다

당신도
늘 행복하시길……

등불이 되신 외할머니

쪽머리
때 묻은 은비녀
막대 지팡이
고뇌에 찬 담배 연기

한세상 모진 풍파
홀로 짊어진
나의 외할머니

장날이면
교문 한쪽 쭈그려 앉은
외할머니 모습

무엇이 못 미더워
애끓는 가슴으로
한 서린 연기를
길게 내 뿜고 계셨을까

모정의 그리움 대신해 주시며
철없는 웃음 보시고
말없이 쥐어 주신
살을 짠 기름 같은 돈

안도의 손길로
내 머리를 쓰다듬고
무거운 걸음을 돌리시던
나의 외할머니

육신이야 흙 속에
묻혔어도
영혼은 전설로 남아
내 삶의 등불 되셨네

 제목 : 등불이 되신 외할머니
시낭송 : 김지원
스마트폰으로 QR 코드를 스캔하면
시낭송을 감상할 수 있습니다.

백남길 선생님

선생님!
고개가 숙여집니다
오랜 세월 은둔해 산 것처럼
뵙지 못했습니다

언제가
너무도 그리운 선생님이시기에
백방으로 알아보고
겨우 전화통화를 하던 그날
저는 그만 펑펑 울고 말았지요

선생님의 은혜를
져버리고 살아온 회한이었나 봅니다

행여 삶이 힘들어서 그런가
염려를 드린 것 같아
죄송한 마음에 찾아 뵈어야지
했던 것이 세월만 보내고
말았습니다

그 시절 왜 그렇게도
힘에 겨웠을까요
헛튼 생각 하지 못하게
강인하게 만들어 주신 선생님
은혜가 너무 커서 숨어 버렸나 봅니다

또 눈물이 납니다
시간은 자꾸만 흘러
마음은 한달음에
달려가고 있는데

그저 웃는 얼굴 한번
보여드리지 못하고
강산을 세 번이나 갈아엎었으니
그 죄 또한
산을 이룹니다

늘 한가지 마음은
선생님, 사모님 두 분 건강을
간절히 빕니다
그리고 꼭 찾아뵙겠습니다
두 분 너무도 그립고
사랑합니다

제목 : 백남길 선생님
시낭송 : 김지원
스마트폰으로 QR 코드를 스캔하면
시낭송을 감상할 수 있습니다.

85

섬집할매 도시생활 (4자 행시)

울시엄마 사뿐사뿐 나비처럼
어딜저리 신명나게 가시는가

입가에는 미소마저 옅게띄고
살랑살랑 발걸음이 나비로다

좋네좋아 보는나도 흥겨움에
신이나서 덩실덩실 같이좋아

젊어서는 농사일에 새벽부터
논일밭일 허리한번 못펴보고

초가지붕 박달린듯 자식또한
주렁주렁 굶는날도 밥먹듯이

시집와서 잡아본손 열손톱이
닳아져서 손톱이름 무색했네

육십나이 구부정한 할매되어
도시나와 팔순할매 친구삼아

에어로빅 단전호흡 배드민턴
노래교실 바삐바삐 다니시네

울시엄마 팔순되니 육십샥시
친구되어 혈색까지 바뀌셨네

꽃분홍색 매니큐어 발라주니
꽃다웠던 그시절로 돌아가서

얼굴에는 웃음꽃을 활짝피고
걸음걸이 나비춤을 추며가네

해를 담고 흐르리

굽이쳐 돌아가는 물살에
힘겨운 삶이 돌고

소리 없이 흐르는 강물에
인생역경 녹아있네

투박한 질그릇 깨진 옹기에
가난에 찌든 아낙의 눈물

웃음 뒤에 감춰진 세월
남몰래 흘린 눈물이 강물인 것을

어이하야 이내 마음
강물처럼 흐르지 못하는가

눈물도 고뇌도 헛된 욕망도
서러움도 힘겨움도 포용하고

말없이 소리 없이 유유히
해를 담고 흐리리

파라다이스의 추억

봄 햇살만큼 따뜻했던 사람
잊혀지지 않은 이름으로
숨 쉬고 있는 멍에

초록이 우거진 호숫가를
두 손 꼭 잡고 걸으며
행복한 미소도 짓고
콧노래도 불렀지요

요정들이 날아다닐 듯
별천지였고
모든 사람이 복사꽃처럼
행복한 얼굴이었어요

사랑이 꽃물처럼 배어 있을
추억 속 파라다이스는
이름마저 지워지고
빈 가슴에 허망한 바람만 지날 뿐

마음 한쪽 아련한 그리움이
못다 한 이야기로
쪽빛 호수에 흔적으로 남아
나를 반기듯 물안개를 올립니다

내 딸아

벌써 이십하고도 오 년
까마득한 옛일 같지만
내겐 어제 일 같구나

이렇게 이쁜 아기가
어떻게 내게로 왔을까
어! 내게 이런 복이

내 사랑 고스란히 받아
이쁘고 착한 내 딸

너는 언제나 내 사랑이고 내 목숨이다
내가 죽을 때까지 아니 그 이후에도

사랑하는 내 딸아
삶이 그런 거란다
취업난에 힘들어도 늘 웃는 얼굴이 이쁘더구나

참고 기다린 보람이 있어 좋고
무엇보다 네가 좋아해서
엄마는 참 기쁘다

변화를 두려워하지 말고
모나지 않게 너무 성급하지 말며
온화한 미소는 잃지 말고 살아라

엄마가 늘 너의 뒤에서 응원한다
사랑한다 내 딸!

그리움의 비밀낙원

시간이 멈춘 그곳에
내 눈물도 멈춘다
가물어 말라버린 내 사랑
단비를 만나 미소 짓고

그대의 숨결 살아나
달빛으로 나를 감싸면
가녀리게 떨리는 입술
엷은 미소 뒤로
아픈 시간은 묻히고
못다 한 사랑꽃 피어난다

별빛 같은 눈망울에
가득찬 그리움 비워지면
애틋하던 사랑의 몸부림
비몽 속에 사라져버리고
주섬주섬 향기까지 담아
추억의 보따리를 싼다

비밀낙원의 별빛이 사라지면
끝없는 그리움
마음속 방 한 칸 차치하고
다시 열리는 그날을 기다리며
침묵의 노래를 부른다

짬!

서글픈 내 마음
위로 한 번 준 적 없어
짬을 냈어

금빛 날개 천사가
내 머리 위를 날으며
반갑다고 미소 지어 주더군
행복했어
짬 속에 행복이 있었어

지친 내 영혼
한 번도 달래준 적 없어
짬을 냈어

빨간 마후라 요정이
왜 이제서 왔느냐고
투정을 부리며 웃어주더군
행복했어
짬 속에 행복이 있었어

짧은 가을...

뒤늦은 그리움에
억새도 날을 세워 서걱이는데

말라버린 눈물은
속눈썹 끝에 매달려 가을을 잡고

붉게 타던 단풍도 샛노랑 은행잎도
부서지는 낙엽으로 짓밟히고

이른 아침 메마른 기침 소리
그리움 한웅큼 토해내고 길을 간다

애처롭게 남은 감잎 하나
목숨줄 부여잡고 버텨보지만

찬 이슬 내려와 눈물로 떨어지면
죽음을 알고 바람 속을 날며

그렇게 겨울 속으로
사라져 가겠지

끝을 알기에 더 아쉬운
그래서 더욱 서글픈
짧은 가을...

수고 많았어요 오늘도...

변함없이 하루가 시작되고
퍼즐의 조각들을
하나 하나 맞춰
오늘이란 하루를 만들어내는 그대
참 아름다워요

쓸쓸한 계절
낭만의 색소폰 소리
가슴을 휘돌아
울림으로 다가와도
묵묵히 삭여내는 그대
참 사랑스러워요

별들이 서둘러서 나오고
초침의 부지런함이
그대를 힘들게 하여도
꿋꿋하게 웃어 보이는 그대
참 향기로워요

수고 많았어요
오늘도...

꿈

너
거기 있니
나
여기 있는데

오늘은
오는 거니
난
늘 기다리는데

눈감으면
너 있을 듯

눈 뜨면
너 사라질 듯

변함없이
너
그곳에 있는 거니

오늘도
난
그곳에 널 찾는다

첫 면회

첫사랑을 만나도
이처럼 설렐까

달리는 차 안에서
가슴 가득 행복 안고
진한 그리움의
문을 열어간다

맑은 하늘에
많은 날의 애달음은 무너지고
벅찬 가슴으로
온몸으로 안아보는 내 사랑

듬직한 군복으로 위장한 너를
옆에 두고 만지고 또 만지고
너의 향기까지
내 눈에 사진처럼 찍어
담았건만 .....

또 그리움은
돌탑을 쌓아 가는구나

내 사랑
너를 두고 돌아오는 길은
기쁨과 아쉬움이 뒤엉켜
먹먹하게 가슴이 아렸다

내일 눈을 뜨면
내 눈앞에 네가 웃으며 서 있을 듯한데

설레는 맘으로 기다리고
아쉬움으로 잠들었을 너

오늘 밤 꿈속에서 만나자 꾸나
사랑해 내 사랑~♥

암 태 도 (섬이름)

그대 그리운 섬
지나는 바람도 잠재워 보내주는
따뜻한 섬

어느 낚시꾼의 푸념마저
조용히 들어주는
고마운 섬

나를 버리고 미련 없이 떠난 이도
가슴으로 보듬어 주는
아름다운 섬

저마다 바삐 오가는 철새도
하늘을 떠가던 구름도
제 터 인양 쉬어가도 내치지 않는
푸근한 섬

그대 나의 그리운 섬

내가 찾지 않으면 그대를 볼 수 없는
꿈에도 보고픈 어머니를 닮은
인자한 섬

그대 이름은
암 태 도

친구에게

커피 한잔을 마주하니
너와 마주 앉아 차를 마시고
노래를 청해 듣던
지나간 그 시절이 그리워진다

어쩔 수 없이 밀려가는 썰물처럼
세월을 이기지 못하고
은색의 머리칼을 감추었지만
마음은 그때에 머물러 있다

그냥 좋다
너와 함께했던 지난날도
너를 그리워할 수 있는 지금도
추억이 있어 참 행복하다

친구야
우리 약속했지
볼품없는 할매가 되어
행여 아들딸 모두 알아보지 못해도
우리만큼은 잊지 말자고

두 손 꼭 잡고
지팡이가 되어주고
부족한 눈과 귀가 되어주자고

너로 하여 나의 내일이 더 따뜻하고
등을 기댈 친구가 있어 좋고
내 어깨를 내어줄 친구가 있어
더없이 행복하구나

사랑한다 내 친구야

제목 : 친구에게
시낭송 : 최명자
스마트폰으로 QR 코드를 스캔하면
시낭송을 감상할 수 있습니다.

내가 시인이 되라고

내가 시인이 되라고
우리 동네 소쩍새는 그리도
슬피 울었나 보다

내가 시인이 되라고
우리 논에 허수아비 아저씨는
그렇게 인심이 좋았나보다

내가 시인이 되라고
우리 할머니는 부지깽이 들고
나를 쫓았나 보다

소쩍새도 허수아비 아저씨도
우리 할머니도
모두가 나를 위했던 것을...

내가 글쟁이가 되라고
내 몽당연필은 그리도 소리가
요란했나 보다

내가 글쟁이가 되라고
우리집 지게는 헛청을 지키고
버티고 섰었나 보다

내가 글쟁이가 되라고
울어머니는 허리 한번 못 펴고
콩밭을 매었나 보다

몽당연필도 빈 지게도 아스라한 추억이건만
울어머니 허리는 호미를 닮아
내 온 삭신이 아프구나

가끔은

가끔은 아주 가끔은
그대 내 생각도 하시나요

바쁜 일상에 잠시 짬이 나면
문득 내 이름 떠올려본 적 있나요

진한 커피 한잔에 두 눈 지그시 감고
나의 향기 그리웠던 적 있나요

그대의 힘든 삶에
나와의 추억이 위로가 되었으면 해요

그대 아주 가끔은
나를 떠올리며 미소 지어 주세요

어제보다 아픈 그리움이 아닌
조금은 옅어진 그리움으로

기억 저편에 서 있는
아련한 그대의 행복을 빌어요

지금 나는

나를 짓눌렀던 삶의 무게가
나를 주저앉히고 무릎을 굽히게 했어도
지금 나는 웃는다

내게 불었던 거센 바람에
눈을 감고 고개를 돌려 피하려 했어도
지금 나는 웃는다

앞으로 닥쳐올 수많은
아픔과 시련이 나를 보고 있어도
지금 나는 웃는다

지나간 날을 후회하지 말고
다가올 날을 두려워하지 말고
지금은 웃어보자

누구에게나 삶은 고달픈 것
이만하면 내 삶!
웃을 만하지 않겠는가

삶의 무게 앞에
당당하게 맞서서
지금 나는 웃는다

지나고 나니

지나고 나니
아픔도
추억입니다

지나고 나니
슬픔도
그리움입니다

지나고 나니
애증도
아쉬움에서 오고

지나고 나니
미움도
사랑이더이다

수피아의 아침

맑은 가람속 작은 은가비
윤슬에 마음 빼앗기고
그린나래 편다

꽃잠을 지낸 수줍은 새댁의
발그레한 낯빛으로
라온힐조를 맞는다

달보드레한 종달새 노랫소리
아스라히 들려오면
이든 수피아
여우비 지나간 숲을
초아의 마음으로 누빈다

♣ 순 우리말 뜻

– 수피아 : 숲속의 요정 / – 가람 : 강 / – 은가비 : 은은한 빛
– 윤슬 : 햇빛또는 달빛에 반짝이는 잔물결
– 그린나래 : 그린듯 아름다운 날개
– 꽃잠 : 신혼부부의 첫날밤 / – 라온힐조 : 즐거운 이른 아침
– 달보드레 : 부드럽고 달콤한 / – 이든 : 착한, 어진
– 여우비 :해가 떠 있고 잠깐 내리는 비
– 초아 :초처럼 자신을 태워 세상을 비추는 사람

장독대

크기도 제각각의
담긴 먹거리도 제각각의

학교 갔다 돌아오면
책 보자기 허리에서 풀기도 전
장독대로 달려갔다

내 키보다 크고 울 아부지 보다 뚱뚱한
항아리 뚜껑을 열면
잘 말린 곶감이 하얀 분가루를 곱게 칠하고
꼬마 신랑 기다리듯 다소곳이 자리했고
제사 때 쓰려고 아껴둔 옥꼬시도
색동옷 입고 때를 기다고 있었다

조용히 곶감 하나 꺼내서 입에 물면
세상 빛은 온통 내게로 쏟아졌고
무엇인가 정성스레 빌었던
정안수 안에는 하늘이 들어 있었다

장독대 옆으로 나리꽃이 활짝 피고
앵두나무 아래로 돌나물이 터를 넓혀 가고
한쪽 귀퉁이엔 솔밭이
깨끗한 초록빛을 품어내고 있었다

울 어머니는 그렇게 장독대를
일터로 알고 살았고
나는 장독대를 전빵이나
먹거리 공장으로 알았었나 보다

지금도 나는 장독대를 보면
울 엄마의 품 같고 고향 같다

그냥 그렇게

한적한 공원 벤치에
삶의 무게 내려놓고
뜨거운 커피 한잔에
힘든 영혼을 달래본다

깊은 한숨에 시름 토해보고
어딘가에서 들려오는
색소폰의 음률에
쌓인 고달픔이 녹아 내린다

어느 가수의
늙어가는 것이 아니라
익어가는 것이 다라는 노랫말이
잠깐 위안이 된다

바람의 냄새를 맡고
꽃의 노랫소리를 들으며
그냥 그렇게
웃으며 익어가 보리라

울지 못하는 새

천 번의 첫눈이 내리고
천 번의 새봄을 맞이하면
잊을 수 있으려나

천 개의 소원 담아
천마리의 종이학을 날리고 나면
지울 수 있으려나

천 번의 꿈을 꾸고
천 번을 아파하고 참아내면
묻을 수 있으려나

울지 못하는 새는
퍼렇게 멍든 가슴 움켜쥐고
천 년을 노래하네

가슴에 묻은 사람

묻고 삽니다
가슴에 그대 이름

부르지 못하고
울지도 못하고

아파도 아프다 하지 못하지만
파내지도 못합니다

파내고 나면
남은 자욱 더 큰 웅덩이로 남아서
눈물을 담아둘까 무서워

묻고 삽니다
가슴에 그대 향기

취하지도 못하고
잊지도 못하고

바람 속에
날려 보내지도 못합니다

날려 보내고 나면
텅 빈 가슴에 구멍으로 남아서
바람만 지날까 두려워

그냥 그렇게 묻고 삽니다

회상

먹이를 찾아 쉼 없이
뛰어야 하는 표범으로
태엽이 감긴 시계처럼
돌아야 하는 삶으로

그것이 인생이고
그것이 삶이고
그것이 자랑처럼
그렇게 살아온 삶

그 익숙함에서 벗어나
모순덩어리 속에
내가 갇혀 있던 것처럼
일탈을 꿈꾸고
가끔은 내가 아닌 나이고도 싶었다

그 또한 모순
난 나일 때 가장 행복한 것을
내가 아닌 또 다른 나를
찾으려 했던 나

내가 내 안에 나를 보았을 때
침묵하는 바람과
열린 하늘이 보였고
나답게 가는 그길에
소소한 나만의 행복이 있었다

호수에 빠진 별

어둠 속에 빛나는
별이 되리

자수정만큼 밝은 별 하나
호수에 빠져

물결의 속삭임에
설레임 감추고

그대 가슴에
윤슬처럼 빛나는
별이 되리

당신 이름

가만히 누워
시선이 멈춘 그곳에
당신 이름 새겨 봅니다

너덜 너덜 닳아져서
흔적없이 지워지고
희미해질 법도 하건만

마알간 커피 한잔에
당신 이름 넣고
그리움 함께 타서 마셔봅니다

커피잔이 비워지고 나면
그리움도 그만큼은
비워질 거라 여겼건만

당신 이름은
내 가슴에 문신이라도 한 것처럼
또렷하게 남아있으니

노랫말처럼
뜨거운 이름인가 봅니다
웃고 있어도 눈물이 나는

당신 이름은 참...

가을 저녁놀

잔인한 고독은
내 지나간 모든 것들을 불러와
주위를 휘감는다

노을 속에서
그리움은 별처럼 반짝이고
젖먹던 내 아가의 눈망울까지
그리움 속에 들어와 앉는다

들녘에 참새떼 쫓던 어린 소녀는
목청껏 소리쳐 보지만
무심한 허수아비 아저씨 혼자서 인심도 좋아라

콩밭에 울 어메 호미질 소리는
가마솥에 눌어붙은 누룽지 긁는 소리보다 바쁘고
울 할아배 소죽 끓이는 아궁이 앞
부지깽이 마저 쉴 새 없구나

외양간 누렁이는 밥 달라 성화고
그 큰 눈망울은
빈 지게 위에 걸쳐 놓았고
닭 쫓던 백구는 맥없는 댓돌 위에
고무신이 야속하구나

한낮의 해가
서산을 넘어 긴 그림자를 드리우면
젖은 적삼 툴툴 털고
그제서야 머릿수건 풀어 온종일 쌓인
고단함을 긴 한숨과 함께 툴툴 털어 내시는
내 어머니

온종일 굳어버린
허리는 고달픔에 또 하루만큼
굽었겠구나

내일은 어떤 모양으로 조각하였기에
또 하루를 어둠 속에 가두려는가

뒷동산 밤톨만한 상수리
쓰레트 지붕 위에 떨어지는 소리가
기억 저편에서 타는 노을보다
더 뜨겁게 요동친다

세월에 지는 꽃

세상 풍파 견디느라
앞섶 풀어 헤쳤더냐
모진 설움 이겨 내느라
댕기 풀고 고개 숙였더냐

그 누굴 기다리다
멍든 가슴 얼기 설기 구멍이 났더냐
수줍은 미소 어쩌구서
옷고름 풀고 처량하게 섰느냐

비라도 내려 서러운 눈물
흘려주길 바랬더냐
세월 앞에 장사 없다더니
너 또한 내 신세로구나

밤을 달리는 달

쇠잔한 달빛에 내 얼굴 치켜들고
힘없는 물음을 던져본다

언제부터 달려서 여기까지 왔는지
새벽녘까지 그 허기진 몸으로 어찌할 거냐고

팔월 한가위 보름이 되면
너는 통통하게 살 오른 얼굴이겠지

내 눈은 퀭하게 파여서
너를 올려다볼 힘조차 없을 테고….

그런 나에게 너는 노란 웃음 지으며
열심히 달려온 생색을 내겠지

나도 널 닮은 송편 하나 입에 물고
박꽃보다 하얀 웃음 보여주려

초침보다 빠른 손놀림으로
늦은 밤까지 달리련다

꽃

너는 어찌하야
그리 고운 얼굴에
핏물이 들었더냐
차갑게 돌아선 임 그리다
돋친 상처이더냐

임의 발자욱이라
고개 들었건만
그리운 임 아니 오고
차디찬 빗방울만
고운 얼굴 적시누나

쓸쓸히 헤메이다
임 그리워 다시금 피었건만
따스하던 님 어데 가고
스치는 찬바람뿐

피고 지는 세월 속
애끓는 뽀얀 속살
말갛게 태우는 영혼
선홍의 눈물이구나

광복 70년

울 밑에선 봉선화
눌린 설움으로 10년 피 울음

억울함에 분통으로
찢긴 가슴 부여잡고 20년을 울고

무릎은 고사하고
머리라도 숙이려나 희망 품고 30년

수요집회 기를 쓰고
피를 토하듯 외친 날이 40년

백발이 성성해도
젖은 가슴 마르지 못해 50년 운다

해방되지 못한 소녀별
떨어지는 안타까움에 60년을 절규했고

행여 넘어지고 포기하고 절망할까
70년의 기억을 붙잡고 무궁화는 다시 핀다

어머니의 맘

턱밑으로 떨어지는 땀방울이
어머니 맘 접어 줄까

아궁이 장작불의 뜨거운 열기가
어머니 맘을 꺾어 줄까

작열이 내리쬐는 태양인들
어머니 맘 막을 수 있을까

토종닭 배가 터진다고 해도
어머니 맘 가득찰까

가마솥 가득가득 채워본들
어머니 맘 채워질까

둥그렇게 앉은 자식들 손 젓가락질 바쁘고
집안 가득 채워지는 웃음소리

그제서야 어머니 맘
기쁨 가득 행복 가득이로다

평생을 자식 위해 내 것 하나 못 만들고
내 배 부르자고 맛난 음식 한적 없이

세월을 통째로 도둑맞고
보상은커녕 또 내어 주시며

자식들 머리 흰 분칠이 맘 아파
어머니 맘 세월에 부탁하네

제목 : 어머니의 맘
시낭송 : 박영애
스마트폰으로 QR 코드를 스캔하면
시낭송을 감상할 수 있습니다.

127

숨 같은 사람

국순정 시집

초판 1쇄 : 2017년 3월 22일

지 은 이 : 국순정

펴 낸 이 : 김락호

디자인 편집 : 이은희

기 획 : 시사랑음악사랑

인 쇄 : 청룡

연 락 처 : 1899-1341

홈페이지 주소 : www.poemmusic.net

E-Mail : poemarts@hanmail.net

정가 : 10,000원

ISBN : 979-11-86373-65-1